¡Hola.,
que me lleva la ola

LECTORUM PUBLICATIONS, INC.
524 BROADWAY
NEW YORK, NY 10012
PHONE (800) 345-5946 • FAX (212) 727-3035

Nidos
para la
lectura

ALFAGUARA

¡Hola!, que me lleva la ola

Rimas, juegos y versos

Selección de
Sergio Andricaín

Ilustraciones de Ana María Londoño

ALFAGUARA

Título original: *¡Hola!, que me lleva la ola*
© 2005, Distribuidora y Editora Aguilar, Altea, Taurus, Alfaguara, S.A.
 Calle 80 No. 10-23
 Bogotá – Colombia

© De los autores

Juan Ramón Jiménez, *A Miss Rápida* y fragmentos de poemas
© Herederos de Juan Ramón Jiménez

Elsa Bornemann, El humo
© Elsa Bornemann
c/o Guillermo Schavelzon & Asoc. Agencia Literaria
info@schavelzon.com

María Elena Walsh, ¿Quién?, La viborita
© María Elena Walsh

Luis Cernuda, Málibu
© Ángel María Yanguas Cernuda

Rafael Alberti, Dondiego sin don, Nana de la tortuga, Nana de la cigüeña,
poemas incluidos en la obra *Marinero en tierra*
© Rafael Alberti. El Alba del Alhelí, 1924

Federico García Lorca, El lagarto está llorando, Caracola
© Federico García Lorca
c/o Agencia Literaria Mercedes Casanovas

© Selección: 2005, Sergio Andricaín
© De las ilustraciones: 2005, Ana María Londoño

Diseño de la colección: Camila Cesarino
Composición de interiores y cubierta: Alexandra Romero Cortina

Nidos para la lectura es una colección dirigida por **Yolanda Reyes** para
el sello **Alfaguara**.

Primera edición en Colombia: abril de 2005
Segunda edición en Colombia: julio de 2007
ISBN: 978-958-704-527-7
Impreso en Colombia

A los padres...

Durante esta etapa en la que los niños se van acercando paulatinamente al lenguaje escrito, la compañía adulta es muy importante. El proceso de alfabetización inicial está lleno de arbitrariedades y de convenciones e implica un dispendioso trabajo que luego olvidamos al crecer, así como también olvidamos lo difícil que nos resultó aprender a nadar o a montar en bicicleta. De ahí la necesidad de continuar propiciando esa cercanía amorosa entre el niño y el adulto, a través de la experiencia poética.

Ahora, más que nunca, la poesía acoge al lector. El juego con las palabras y la exploración de sus ritmos y de sus sentidos ocultos vuelve a conectarlo con esa fascinación que experimentaba en la primera infancia, cuando iba descubriendo las palabras, mientras alguien le cantaba o le jugaba. De nuevo, al leerle poemas en voz alta, los padres o los adultos cercanos, le siguen revelando cómo es posible emocionarse con una imagen, cómo se retan la imaginación y la inteligencia con una adivinanza y cómo la música de las palabras sigue viva en el ritmo de una ronda o en una retahíla.

La presente antología, elaborada por el investigador cubano Sergio Andricaín, traza un itinerario por las voces que pueblan nuestra lengua. Desde aquellas rimas de la tradición oral, pasando por clásicos como Lope de Vega y llegando hasta la poesía contemporánea, el recorrido se organiza en cuatro secciones que parten de los intereses infantiles. Para el niño, ahora concentrado en explorar los misterios de la lengua, será un recreo y un bálsamo. Y para el adulto, que le sigue leyendo y que lo anima, de vez en cuando, a leer un verso -mira como puedes, tú solito- será otra oportunidad para decirle que la magia de las palabras lo sigue acompañando y lo descifra, mientras le llega el tiempo de desentrañar sus secretos por sí mismo.

Yolanda Reyes
Directora de la colección

Para Toni
Para mis familias

1

Que coloretín, que coloretón

2

La ronda infinita

3 Animaladas

4 Cada cosa dice algo

1
Que coloretín,

que
coloretón

Teresa la marquesa
tipitín, tipitiesa
bailaba en el desván
tipitín, tipitán
con una saya tiesa
tipitín, tipitiesa
de raso y tafetán
tipitín, tipitán.

Y dijo la vecina
tipitín, tipitina
pues yo lo haré mejor
tipitín, tipitor.
La vieron en la esquina
tipitín, tipitina
volando en un tambor
tipitín, tipitor.

Anónimo

La nariz de la suegra
de don Gervasio
pum cataplún
cataplún chinchín
gorigorigori
chin chin chin
la llevaron a París
cataplum chinchín
a un gimnasio chic.
Iba cantando
pum cataplún
cataplún chinchín
gorigorigori
chin chin chin.

Anónimo

Estaba el chinito Kon,
estaba comiendo arroz,
el arroz estaba caliente
y el chinito se quemó.

La culpa la tuvo usted
por lo que le sucedió,
por no darle ni cuchara,
cuchillo ni tenedor.

Anónimo

El toro, al agua;
el agua, al fuego;
el fuego, al palo;
el palo, al perro;
el perro, al gato;
el gato, al ratón;
el ratón, a la araña
y la araña, a su amor.

Anónimo

Una, tona,
quena, quetona,
quina, quinete:
estaba la reina
en su gabinete.
Vino Gil,
rompió el candil,
candil, candilón,
cuéntalas bien
que las veinte son.

Anónimo

Una madre godable,
pericotable y tarantantable,
tenía tres hijitos godijos,
pericotijos y tarantantijos
que fueron al monte godonte,
pericotonte y tarantantonte
a cazar una liebre godiebre,
pericotiebre y tarantantiebre
que colgaron en la cocina godina,
pericontina y tarantantina,
y vino un gatazo godazo,
pericotazo y tarantantazo,
y se comió la liebre godiebre,
pericotiebre y tarantantiebre
que los hijos godijos,
pericotijos y tarantantijos
habían cazado en el monte godonte,
pericotonte y tarantantonte
para su madre godable,
pericotable y tarantantable.

Anónimo

Adivina, adivinador...

En lo alto vive,
en lo alto mora,
en lo alto teje
la tejedora.

[la araña]

Dos niñas asomaditas
cada una a su ventana;
lo ven y lo cuentan todo,
sin decir una palabra.

[las niñas de los ojos]

Una cajita chiquita
blanca como la cal:
todos la saben abrir,
nadie la sabe cerrar.

[el huevo]

Se abrió en el cielo una flor
sin que la hubieran sembrado,
con las hojas amarillas
y el corazón colorado.

[el sol]

Por el paseo del cielo,
se pasea una doncella,
vestida de blanco y plata
más hermosa que una estrella.

[la luna]

19

—Corazón de chirichispa
y ojos de chirichispé:
tú que me enchirichispaste,
hoy desenchiríspame.

—Pues como no te enchirichispé yo,
que te desenchirichispe
quien te enchirichispó.

Anónimo

—Pedro Pero Pérez Crespo, ¿dónde mora?

—¿Por qué Pedro Pero Pérez Crespo preguntáis?

Porque en este lugar hay tres Pedro Pero Pérez Crespo:

Pedro Pero Pérez Crespo el de arriba,

Pedro Pero Pérez Crespo el de abajo,

Pedro Pero Pérez Crespo el del rincón.

Y los tres Pedro Pero Pérez Crespo son.

Anónimo

Doña Díriga,
dáriga, dóriga,
trompa pitáriga,
tiene unos guantes
de pellejo de záriga,
zíriga, zóriga,
trompa pitáriga.

Anónimo

Doña Panchívida
se cortó un dévido
con el cuchívido
del zapatévido.
Y su marívido
se puso brávido
porque el cuchívido
estaba afilávido.

Anónimo

La hormiguita y Ratón Pérez

La hormiguita y Ratón Pérez
se casaron anteayer.
¿Dónde fue? Yo no lo sé,
que coloretín, que coloretón.
¡Que viva la hormiga,
que viva el ratón!
Ella es buena y hacendosa,
y él es muy trabajador,
que coloretín, que coloretón.
¡Que viva la hormiga,
que viva el ratón!

Anónimo

24

Mariquita, María

—Mariquita, María,
¿dónde está el hilo?
—Madre, las cucarachas
se lo han comido.
—Niña, tú mientes,
que las cucarachitas
no tienen dientes;
anda, embustera,
que las cucarachitas
no tienen muelas.

Anónimo

¿Cuánto me das, marinero?

—¿Cuánto me das, marinero?
¿Cuánto me das, marinero,
porque te saque del agua, sí, sí,
porque te saque del agua?

—Yo te daré mi fortuna,
yo te daré mi fortuna, sí, sí,
porque me saques del agua, sí, sí,
porque me saques del agua.

Anónimo

El perrito chino

Cuando salí de La Habana,
de nadie me despedí,
sólo de un perrito chino
que venía tras de mí.

Como el perrito era chino
un señor me lo compró
por un poco de dinero
y unas botas de charol.

Las botas se me rompieron,
el dinero se acabó.
¡Ay, perrito de mi vida!
¡Ay, perrito de mi amor!

Anónimo

El burro enfermo

A mi burro, a mi burro
le duele la cabeza,
el médico le ha puesto
una corbata negra.

A mi burro, a mi burro
le duele la garganta,
el médico le ha puesto
una corbata blanca.

A mi burro, a mi burro
le duelen las orejas,
el médico le ha puesto
una gorrita negra.

A mi burro, a mi burro
le duelen las pezuñas,
el médico le ha puesto
emplasto de lechugas.

A mi burro, a mi burro
le duele el corazón,
el médico le ha dado
jarabe de limón.

A mi burro, a mi burro
ya no le duele nada,
el médico le ha dado
jarabe de manzana.

Anónimo

2 La ronda

infinita

Poema de la ele

Tierno glú-glú de la ele,
ele espiral del glú-glú.
En glorígloro aletear:
palma, clarín, ola, abril…

Tierno la–le–li–lo–lú,
verde tierno, glorimar…
ukelele… balalaika…
En glorígloro aletear,

libre, suelto, saltarín,
¡tierno glú-glú de la ele!

Emilio Ballagas

Rapa Tonpo Cipi Topo
(Canción en jerigonza)

*Para entender el significado deben
leerse solamente las primeras sílabas.*

Sipi sepe duerpe mepe
Gapa topo Loco copo,
Rapa tonpo cipi topo
quepe sopo ropo epe.

Pepe ropo tanpa topo
quepe sopo ropo epe
quepe sepe duerpe mepe
rapa tonpo cipi topo.

¡Opo japa lápa quepe
Gapa topo Lopo copo
duerpe mapa máspa quepe
Rapa tonpo cipi topo!

José Sebastián Tallon

Arroyo

Erre y erre rifirrafe,
erre y erre raferrí,
rápido, arremolinado,
runruneante y saltarín.
Relumbrante, revoltoso,
refrescante y retozón,
risueño corre el arroyo:
reguilete bajo el sol.

Antonio Orlando Rodríguez

Vuelos

Dijo el pájaro al avión
que lo espere.

El avión dijo al cohete
que lo espere.

Dijo el cohete al cometa
que lo espere.

Y el cometa va diciendo
por donde quiera que pasa,
que lo esperen.

Con su cabellera larga.

Aramís Quintero

La florecita de carita clara

Una florecita
de carita blanca
creciendo en la yerba
junto a la baranda.

Una floriblanca
de carita clara
creciendo en la yerba
junto a la cañada.

Una florecita
de carita blanca
crece en la barenda
junto a la yerbanda.

De blanquito rostro,
de carita clara.

Julia Calzadilla

Canción

¡Hola!, que me lleva la ola;
¡hola!, que me lleva la mar.
¡Hola!, que llevarme dejo
sin orden y sin consejo,
y que del cielo me alejo,
donde no puedo llegar.
¡Hola!, que me lleva la ola;
¡hola!, que me lleva la mar.

Lope de Vega

Dondiego sin don

Dondiego no tiene
    don.
        Don.

Don dondiego
de nieve y de fuego.
Don, din, don,
que no tienes don.

Ábrete de noche,
ciérrate de día,
cuida no te corte
quien te cortaría,
pues no tienes don.

Don dondiego,
que al sol estás ciego.
Don, din, don,
que no tienes don.

Rafael Alberti

Málibu

Málibu,
olas con lluvia.
Aire de música.

Málibu,
agua cautiva.
Gruta marina.

Málibu,
nombre de hada.
Fuerza encantada.

Málibu,
viento que ulula.
Bosque de brujas.

Málibu,
una palabra,
y en ella, magia.

Luis Cernuda

¿Quién?

¿Quién pinta, quién pinta
la flor con rocío
y el cielo con tinta?

¿A quién se le pierde
encima del árbol
su pintura verde?

¿Quién mueve, quién mueve
la cola del viento
y la de la nieve?

¿Quién marcha, quién marcha
con gorro de nube,
con capa de escarcha?

María Elena Walsh

Adivinanza

Torito negro
cayó en la mar,
ni mil marineros
lo pueden sacar.

Desde que cayó,
se oscureció el mar,
millones de estrellas
salen a mirar:
—¿Qué pasa?

La luna,
con cara de flan,
contesta:
—Adivinen
quién cayó en el mar.

Respuesta: la noche
(¿quién la sacará?)

Emma Pérez

Reino

¿Quién es el rey de las cer-
   cas
y los tejados?

¿El rey de la luna llena
que da en el patio?

¿El de las latas vacías
y los pescados
fritos hace cuatro días?

¿El rey de los sigilosos?

¿El del escándalo?

¿El rey del sueño,
y el susto,
y el zapatazo?

Aramís Quintero

¿En dónde tejemos la ronda?

¿En dónde tejemos la ronda?
¿La haremos a orillas del mar?
El mar danzará con mil olas
haciendo una trenza de azahar.

¿La haremos al pie de los montes?
El monte nos va a contestar.
¡Será cual si todas quisiesen,
las piedras del mundo, cantar!

¿La haremos, mejor, en el bosque?
La voz y la voz va a trenzar,
y cantos de niños y de aves
se irán en el viento a besar.

¡Haremos la ronda infinita!
¡La iremos al bosque a trenzar,
la haremos al pie de los montes
y en todas las playas del mar!

Gabriela Mistral

3 Anima

ladas

La viborita

La viborita se va
corriendo a Vivoratá
para ver a su mamá.

La cabeza ya llegó,
pero la colita no.

Terminó.

María Elena Walsh

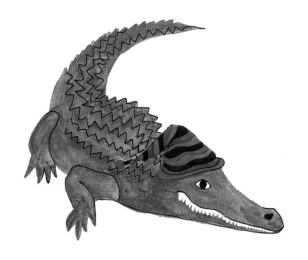

Cantar del Abedrilo y la Cocojita

El cocodrilo quería dormir
y la abejita quería cantar,
él una almohada se fue a buscar
y ella una flauta y un cornetín.

La abedrilita empezó a tocar
y cocojito no quiso oír,
el cocodrilo quería soñar
y la abejita quería reír.

Y al poco rato de la función
el abedrilo se despertó,
calló la flauta y el cornetín:
la cocojita se durmió al fin.

Julia Calzadilla

El pavo real

Que sopló el viento y se llevó las nubes
y que en las nubes iba un pavo real,
que el pavo real era para mi mano
y que la mano se me va a secar,
y que la mano la di esta mañana
al rey que vino para desposar.

¡Ay que el cielo, ay que el viento, y la nube
que se van con el pavo real!

Gabriela Mistral

La ardilla

La ardilla corre,
la ardilla vuela,
la ardilla salta
como locuela.
Mamá, ¿la ardilla
no va a la escuela?

Ven, ardillita;
tengo una jaula
que es muy bonita.
—No; yo prefiero
mi tronco de árbol
y mi agujero.

Amado Nervo

La loba, la loba
le compró al lobito
un calzón de seda
y un gorro bonito.

La loba, la loba
se fue de paseo
con su traje rico
y su hijito feo.

La loba, la loba
vendrá por aquí,
si esta niña mía
no quiere dormir.

Juana de Ibarbourou

Luciérnagas

Luciérnagas en un árbol:
¿navidad en verano…?

José Juan Tablada

La vaquita Clarabele

Junto al río
bebe, bebe,
la vaquita
Clarabele.

Mas de pronto,
¿qué sucede?
¡Con qué susto
se detiene!

En el agua,
claramente,
cielo y nubes
aparecen.

¡Cómo mira!
¡Cómo teme
que allá abajo
va a caerse!

Ríos, hierbas,
casas, gente,
plantas, flores,
aves, liebres,
¡todo el prado
se sorprende!
de que huya
corra, vuele,
la vaquita
Clarabele.

José Sebastián Tallon

Las siete vidas del gato

Preguntó al gato Mambrú
el lebrel Perdonavidas:
—Pariente de Micifú,
¿qué secreto tienes tú
para vivir siete vidas?

Y Mambrú le contestó:
—Mi secreto es muy sencillo.
Pues no consiste sino
en frecuentar como yo
el aseo y el cepillo.

Rafael Pombo

Los huevos de oro

Cierta gallina ponía
un huevo de oro por día
y el dueño dijo: "Aquí hay mina;
si yo mato esta gallina
soy de golpe millonario,
¿qué vale un huevo diario?".
La mató, no halló tesoro
y allí paró el huevo de oro.

Con lo cual supo el bellaco
que lo bastante es bastante,
y que ansiando lo sobrante
la codicia rompe el saco.

Rafael Pombo

Un mono

El pequeño mono me
   mira…
¡Quisiera decirme
algo que se le olvida!

José Juan Tablada

Ciempiés

¿Quién te calza, quién mantiene
tus cien boticas pulidas?

Dí: ¿cómo te las arreglas,
ya que tantas patas tienes,
para que no se oigan pasos
cuando vas o cuando vienes?

¿Y por qué no dejas huellas
en las largas avenidas
de hierba por donde sigues
el rastro de las estrellas?

Alberto (El León) Serret

Nana de la tortuga

Verde, lenta, la tortuga.

¡Ya se comió el perejil,
la hojita de la lechuga!

¡Al agua, que el baño está
rebosando!
¡Al agua,
pato!

Y sí que nos gusta a mí
y al niño ver la tortuga
tontita y sola nadando.

Rafael Alberti

Nana de la cigüeña

Que no me digan a mí
que el canto de la cigüeña
no es bueno para dormir.

Si la cigüeñita canta
arriba en el campanario,
que no me digan a mí
que no es del cielo su canto.

Rafael Alberti

El lagarto está llorando

*A Mademoiselle Teresita Guillén
tocando su piano de seis notas.*

El lagarto está llorando.
La lagarta está llorando.

El lagarto y la lagarta
con delantaritos blancos.

Han perdido sin querer
su anillo de desposados.

¡Ay, su anillito de plomo,
ay, su anillito plomado!

Un cielo grande y sin gente
monta en su globo a los pájaros.

El sol, capitán redondo,
lleva un chaleco de raso.

¡Miradlos qué viejos son!
¡Qué viejos son los lagartos!

¡Ay cómo lloran y lloran,
¡ay! ¡ay! cómo están llorando!

Federico García Lorca

4

Cada cosa

dice algo

Lo que dicen las cosas

–¿Qué dice el sol en el cielo?
–Dice: "¡Niñito, yo brillo!".
–¿Y en la tierra el arroyuelo?
–"¡Yo corro!" –¿Y el pajarillo
en las ramas? –"Yo alboroto,
yo canto y vuelo…" –¿Y el humo
de la fábrica? –"Yo floto".
–¿Y la rosa? –"Yo perfumo".

Amado Nervo

A Miss Rápida

Si vas de prisa,
el tiempo volará ante ti, como
    una
mariposilla esquiva.

Si vas despacio,
el tiempo irá detrás de ti,
como un buey manso.

Juan Ramón Jiménez

¡Espera, ratito de oro,
que quiero gozarte allí;
espera, ratito de oro,
que quiero gozarte aquí!

Juan Ramón Jiménez

El aire

Esto que pasa y que se queda,
esto es el Aire, esto es el Aire,
y sin boca que tú la veas
te toma y besa, padre amante.
¡Ay, le rompemos sin romperle;
herido vuela sin quejarse,
y parece que a todos lleva
y a todos deja, por bueno, el Aire...

Gabriela Mistral

El humo

El humo
de las chimeneas
se va de viaje
y por eso
se pone
su mejor traje.
Para
no perderse,
deja sus huellas
por toda
la escalera
de las estrellas.

Elsa Bornemann

Panorama

Bajo mi ventana, la luna en los tejados
y las sombras chinescas
y la música china de los gatos.

José Juan Tablada

La luna

Es mar la noche negra,
la nube es una concha,
la luna es una perla…

José Juan Tablada

El puente

¡Qué hermoso se ve el puente
de piedra sobre el río!

Abajo la corriente
y arriba el caserío.

¡Qué hermoso se ve el puente
de piedra sobre el río!

Amado Nervo

Yo en el fondo del mar

En el fondo del mar
hay una casa
de cristal.

A una avenida
de madréporas
da.

Un gran pez de oro,
a las cinco,
me viene a saludar.

Me trae
un rojo ramo
de flores de coral.

Duermo en una cama
un poco más azul
que el mar.

Un pulpo
me hace guiños
a través del cristal.

En el bosque verde
que me circunda
—din don… din dan—
se balancean y cantan
las sirenas
de nácar verdemar.

Y sobre mi cabeza
arden, en el crepúsculo,
las erizadas puntas del mar.

Alfonsina Storni

Caracola

Me han traído una caracola.

Dentro le canta
un mar de mapa.
Mi corazón
se llena de agua
con pececillos
de sombra y plata.

Me han traído una caracola.

Federico García Lorca

Canción

La semilla que no crece
poca cosa me parece.

Nunca el sol podrá mirar,
ni los árboles ni el mar,
ni lo verde del palmar.

Poca cosa me parece
si se duerme, si no crece.

Antonio Orlando Rodríguez

Balada del fondo del mar

Para Isi, en profundo silencio

No hay silencio profundo
en el fondo del mar
las criaturas marinas
parlotean sin cesar.

Imagina una selva
con su ruido animal,
imagínate el caos...
de una inmensa ciudad.

Las ballenas ensayan
sus canciones de amor,
sus lamentos profundos
van volando hasta el sol.

Y los peces pequeños
y el feroz tiburón
y los pulpos gigantes,
todos tienen su voz.

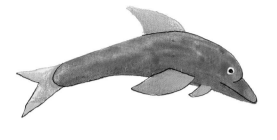

Hay medusas, cangrejos,
hay estrellas de mar,
y hay delfines rosados
que no paran de hablar.

Se oyen gritos, gemidos,
se oye el agua vibrar,
se oye el viento silbando
y la tierra al girar.

Se oyen muchas historias
en el fondo del mar.
Las sirenas las cuentan
con un triste cantar.

Y los barcos hundidos,
con corazas de sal,
son fantasmas que arrullan
desde el fondo del mar.

Yolanda Reyes

Sembrador

En un campo blanco,
semillitas negras…
¡Que llueva, que llueva…!
Sembrador, ¿qué siembras?
¡Cómo canta el surco!
¡Que llueva, que llueva…!
¡Yo siembro arco iris,
albas y trompetas!
¡Que llueva, que llueva!

Rafael Olivares Figueroa

La plantita

Planté una semilla,
me puse a esperar.
Primer día: nada;
segundo: aguardar;
tercero: tristeza;
cuarto: suspirar;
quinto: todavía;
sexto: ¿llegará?;
séptimo: ¡ya llega!;
octavo: aquí está.

Un tallito verde
en el aire ha
mecido un saludo
de ternura impar.

Se acerca mi madre.
Me viene a besar
y a decirme: "¿Ves
qué dulce es sembrar?
Todo lo que esperes,
te saludará".

Emma Pérez

Por aquí, por aquí, por allí,
anda la niña en el toronjil;
por aquí, por allí, por acá,
anda la niña en el azahar.

Lope de Vega

La flor del diente de león

Soy la florecita
del diente de león,
parezco en la hierba
un pequeño sol.

Me estoy marchitando,
ya me marchité;
me estoy deshojando,
ya me deshojé.

Ahora soy un globo
fino y delicado,
ahora soy de encaje,
de encaje plateado.

Somos las semillas
del diente de león,
unas arañitas
de raro primor.

¡Qué unidas nos puso
la mano de Dios!
Ahora viene el viento:
¡Hermanas, adiós!

Carmen Lyra

Abracadabra

Abracadabra...
Quiero ser tu hada madrina
¿me das permiso?

Tengo entre el bolsillo
mi varita mágica
para convertirte en duende.

Tengo también
una calabaza enorme
para transformar en carroza
y pasear por las calles contigo.

Pero si prefieres ir volando
hay una escoba en la cocina.
La puedo embrujar
especialmente para ti.

Y los dos, hechizados,
saldremos a dar
una vuelta al mundo
mientras gira la tierra
y todos duermen.

Quiero ser tu hada madrina
tu ángel de la guarda
tu bruja de cabecera
o, simplemente,
tu amiga secreta.

¿Me das permiso?

Yolanda Reyes

Alrededor de la copa
del árbol alto,
mis sueños están volando.

Son palomas, coronadas
de luces puras,
que, al volar, derraman música.

¡Cómo entran, cómo salen
del árbol solo!
¡Cómo me enredan en oro!

Juan Ramón Jiménez

Cancioncilla

Cada cosa tiene un pulso:
pon la mano en su latido.
Cada cosa dice algo:
acerca humilde el oído.

Emilio Ballagas

Sé de un pintor atrevido
que sale a pintar contento
sobre la tela del viento
y la espuma del olvido.

Yo sé de un pintor gigante,
el de divinos colores,
puesto a pintarle las flores
a una corbeta mercante.

Yo sé de un pobre pintor
que mira el agua al pintar,—
el agua ronca del mar,—
con un entrañable amor.

José Martí

Palomero del alba

La risa es una campana:
¿quién la tañerá?
La alegría, el campanario:
¿quién lo limpiará?

El amor es una hoguera:
¿quién la prenderá?
El corazón, su terreno:
¿quién lo labrará?

La paz es una paloma:
¿quién la cuidará,
quién le dará granos
para que jamás
le falte el alimento
ni agua ni hogar?

Crece, crece…
          La campa:
siempre sonará,
y el terreno espera al
tú lo sembrarás.
¡Y serás el palomero
de la paloma torcaz!

Alberto (El León) Serret

Los autores

Rafael Alberti (Puerto de Santa María, 1902-1999), poeta y dramaturgo español. Autor de Marinero en tierra, El alba del alhelí y Cal y canto, entre otras obras.

Emilio Ballagas (Camagüey, 1908-La Habana, 1954), poeta cubano. Entre sus libros se encuentran Júbilo y fuga, Cuaderno de poesía negra y Sabor eterno.

Elsa Bornemann (Buenos Aires, 1952), poetisa y narradora argentina. Ha escrito poemarios como Tinke-Tinke, Sol de noche y El espejo distraído.

Julia Calzadilla (La Habana, 1943), poetisa y narradora cubana. Autora de Los poemas cantarines, Cantares de la América Latina y el Caribe y Los alegres cantares de Piquiturquino.

Luis Cernuda (Sevilla, 1902-Ciudad de México, 1963), poeta español. Autor de libros como La realidad y el deseo, Como quien espera el alba y Desolación de la quimera.

Federico García Lorca (Fuente Vaqueros, 1898-Víznar, 1936), poeta y dramaturgo español. Entre sus libros de versos se encuentran Canciones, Romancero gitano y Poeta en Nueva York.

Juana de Ibarbourou, seudónimo de Juana Fernández de Morales (Melo, 1895-Montevideo, 1979), poetisa y dramaturga uruguaya. Autora de Las lenguas de diamante, Raíz salvaje y La rosa de los vientos, entre otros libros.

Juan Ramón Jiménez (Moguer, 1881-San Juan, Puerto Rico, 1958), poeta español. Autor de poemarios como Eternidades, Piedra y cielo y Animal de fondo.

Carmen Lyra, seudónimo de María Isabel Carvajal (San José, Costa Rica, 1888-Ciudad de México, 1949), narradora y dramaturga. Autora de Los cuentos de mi tía Panchita, En una silla de ruedas y Las fantasías de Juan Silvestre.

José Martí (La Habana, 1853-Dos Ríos, 1895), poeta cubano. Autor de Ismaelillo, Versos sencillos y Versos libres.

Gabriela Mistral, seudónimo de Lucila Godoy (Vicuña, 1889-Nueva York, 1957), poetisa chilena. Autora de los libros de versos Desolación, Ternura y Tala.

Amado Nervo (Nayarit, 1870-Montevideo, 1919), poeta mexicano. Entre sus libros se encuentran Perlas negras, Plenitud y La amada inmóvil.

Rafael Olivares Figueroa (Caracas, 1893-1972), poeta venezolano. Autor de obras como Espiga pueril, Sueños de arena y Suma poética.

Emma Pérez (Murcia, España, 1900-Miami, 1988), poetisa cubana. Autora de Niña y el viento de mañana e Isla con sol.

Rafael Pombo (Bogotá, 1833-1912), poeta colombiano. Autor de Cuentos pintados, Cuentos en versos para niños traviesos y Fábulas y verdades.

Aramís Quintero (Matanzas, 1948), poeta y narrador cubano. Ha publicado libros como Maíz regado, Días de aire y Rimas de sol y sal.

Yolanda Reyes (Bucaramanga, 1959), poetisa y narradora colombiana. Autora de El terror de sexto B, María de los Dinosaurios y Los años terribles.

Antonio Orlando Rodríguez (Ciego de Avila, 1956), poeta y narrador cubano. Autor de obras como Mi bicicleta es un hada y otros secretos por el estilo, Concierto para escalera y orquesta y El rock de la momia y otros versos diversos.

Alberto (El León) Serret (Santiago de Cuba, 1947-Quito, 2001), poeta y narrador cubano. Entre sus libros se encuentran Jaula abierta, Escrito para Osmani y La leyenda de la X.

Alfonsina Storni (Sala Capriasca, Suiza, 1892-Mar del Plata, 1938), poetisa argentina. Autora de obras como Ocre, Mundo de siete pozos y Mascarilla y trébol.

José Juan Tablada (Ciudad de México, 1871-Nueva York, 1945), poeta mexicano. Entre sus obras se hallan Florilegio, Al sol y bajo la luna y Li-Po y otros poemas.

José Sebastián Tallon (Buenos Aires, 1904-1954), poeta argentino. Autor de los libros La garganta del sapo y Las torres de Nuremberg.

Félix Lope de Vega y Carpio (Madrid, 1562-1635). Poeta y dramaturgo español. Autor de libros como Rimas, La Andrómeda y La gatomaquia.

María Elena Walsh (Buenos Aires, 1930), poetisa y narradora argentina. Entre sus obras se encuentran Tutú Marambá, El reino del revés y Zoo loco.

Este libro, publicado por Dagata, S.A.,
bajo el sello Alfaguara, se terminó de imprimir
en la planta industrial de Legis S.A.,
en el mes de julio de 2007,
en Bogotá - Colombia.